DIALOGUE

SUR QUELQUES

ARTISANS ILLUSTRES.

—

1861

—

Victor *parle 50 fois.*	Louis *parle 31 fois.*
Félix — 32 —	Étienne — 19 —
Auguste *parle 18 fois.*	

Louis et Étienne (*paraissant seuls*).

LOUIS.

Dis-moi, Etienne, est-ce que les rêves de la nuit ne sont pas quelquefois des prophéties? Est-ce que l'on ne peut pas voir dans le sommeil ce qui doit se révéler au grand jour?

ÉTIENNE.

Tu me fais là une singulière question; je présume qu'on ne nous a pas réunis ici pour venir expliquer les songes.

LOUIS.

Sans doute; mais on nous permettra bien d'éclaircir ensemble cette question : elle me semble assez intéressante.

ÉTIENNE.

Et quel rapport y a-t-il entre un songe et la distribution qui va se faire ?

LOUIS.

Oh ! c'est que j'ai fait un joli rêve cette nuit, et justement à propos de la distribution; s'il pouvait s'accomplir, quelle joie ! quel bonheur !

ÉTIENNE.

Tu as cru sans doute que tous les beaux prix étaient pour toi, et que tu ne serais pas assez fort pour les porter.

LOUIS.

C'est quelque chose comme cela. Figure-toi que, par mégarde, le Frère avait laissé sa liste des prix sur le bureau.

ÉTIENNE.

Et, malheureux ! tu as été la voir, n'est-ce pas ?

LOUIS.

Oh ! non, j'ai seulement cligné de l'œil en passant, et j'ai vu : 1er *prix de sagesse et de bonne conduite*, Louis ! 2e *prix de catéchisme*, Louis ! 1er *prix de grammaire et d'orthographe*, Louis !

VICTOR (*se levant brusquement*).

Mais, si tu y vas comme ça jusqu'au bout, il ne restera pas grand'chose pour les autres.

LOUIS.

A toutes les parties, mon nom était écrit en belle
et splendide écriture : ça doit présager quelque chose
de bon.

ÉTIENNE.

Si ce n'est que cela, je crois pouvoir te l'expliquer. Cela veut dire que tu as reçu tous tes prix en
dormant, et ce qui reste là, c'est la part des autres.

LOUIS (*s'inclinant*).

Merci de ton explication.

ÉTIENNE.

J'en ai une autre à te donner.

LOUIS.

A la bonne heure; elle sera peut-être un peu plus
consolante.

ÉTIENNE.

Tu sais que les songes peuvent rappeler les im-
pressions que l'on a eues; c'est quelquefois comme
un miroir où se reproduisent les actions de la jour-
née.

LOUIS.

Eh bien?

ÉTIENNE.

Eh bien ! puisque dans ton sommeil tu as dérobé
un secret, cela pourrait bien annoncer que tu es un
curieux et un indiscret.

LOUIS.

Mon cher, si tu n'es pas meilleur interprète des

songes, je t'engage beaucoup à n'en pas faire ta profession ; pour sûr, tu n'y gagnerais pas ta vie.

ÉTIENNE.

C'est peut-être un peu vrai, car la flatterie qui perd les hommes est souvent plus largement payée que la vérité qui les éclaire et les instruit. S'il y a ici un meilleur interprète des songes, il peut se lever, je lui cède la place. (*Il s'assied.*)

LOUIS.

Eh bien ! Je m'en vais en faire autant. (*Il s'assied.*)

FÉLIX (*se levant*).

Oh ! ça n'est pas difficile ; je m'en charge. Qui veut me raconter son rêve de la nuit dernière ?

AUGUSTE (*précipitamment*).

C'est moi, c'est moi.

FÉLIX.

Commence tout de suite, j'allonge mes deux oreilles pour t'entendre.

VICTOR.

Tu n'as pas besoin de les allonger ; elles sont assez grandes.

AUGUSTE.

Je dirai sans détour que je me suis vu tout à coup un savant des plus illustres.

FÉLIX.

Ça nous annonce déjà un petit grain d'amour-propre.

VICTOR.

Il me semble même passablement gros, ce petit grain d'amour-propre.

AUGUSTE.

Mon nom volait déjà d'un pôle à l'autre : je n'avais plus rien à ambitionner, j'étais devenu un grand homme.

FÉLIX.

Tu me permettras de te dire que des songes pareils, on en fait tout éveillé... et le simple conscrit de trois jours rêve déjà qu'il est maréchal de France.

VICTOR.

Moi, ce que je puis dire, c'est qu'Auguste ne ressemble pas plus à un grand homme que je ne ressemble au Grand Turc.

AUGUSTE.

Et moi, je te répondrai qu'il ne faut désespérer de rien ; un modeste gardeur de troupeau est devenu l'illustre pape Sixte-Quint ; le simple boulanger Quinault s'est élancé de son pétrin jusqu'au fauteuil académique.

VICTOR.

Mon cher, je t'engage à ne pas te lancer si haut : tu risquerais fort de rester en route.

FÉLIX.

Le conseil est très-sage, et, pour un seul que la Providence a favorisé, il y en a deux cents qui ont rêvé toute leur vie qu'ils allaient être quelque chose, et qui ont fini par n'être rien du tout. Mais enfin, tu veux être un grand homme !

AUGUSTE.

Et pourquoi pas?

FÉLIX.

Sais-tu seulement ce que c'est qu'un grand homme?

AUGUSTE.

Un grand homme, c'est un savant qui a étudié toutes les sciences, et qui étonne le monde par son savoir.

VICTOR.

Alors, pour le devenir, tu iras bien à l'école jusqu'à ce que tu aies une barbe comme celle du Juif-Errant; et elle doit être passablement longue, sa barbe, car j'ai entendu dire que depuis bientôt deux mille ans, il n'avait pas pu s'arrêter un quart d'heure pour se raser.

AUGUSTE.

Un grand homme, c'est encore un orateur qui suspend son auditoire à ses lèvres, et que l'on vient entendre de deux cents lieues à la ronde.

FÉLIX.

Je n'en connais aucun ici qui soit venu de deux cents lieues pour t'entendre.

VICTOR.

Et j'ouvre vainement de grands yeux, je ne vois personne qui soit suspendu à tes lèvres ; ainsi tu as encore des progrès à faire.

AUGUSTE.

Un grand homme, c'est un général d'armée qui fait respecter le drapeau de la patrie, et qui remporte autant de victoires qu'il livre de batailles.

VICTOR.

Toi ! tu ne serais pas capable seulement d'effrayer un lapin.

AUGUSTE.

Un grand homme, c'est un navigateur célèbre qui s'en va à travers les mers...

VICTOR.

Oh ! toi, je te connais ; tu es *trop homme de terre* pour aller t'exposer aux caprices des mers.

AUGUSTE.

Laisse-moi finir. C'est un Christophe Colomb qui s'en va à la découverte d'un nouveau monde.

FÉLIX.

Tu es venu trop tard ; il n'y a plus beaucoup de nouveaux mondes à découvrir.

VICTOR.

A moins qu'Auguste n'entreprenne un voyage dans la lune. On dit que l'on s'occupe beaucoup de savoir s'il y a des habitants là-haut, et que les astronomes s'attendent, chaque jour, à voir paraître au bout de leurs longs télescopes un petit homme lunaire d'une curiosité sans pareille.

FÉLIX.

Mais n'y a-t-il que les savants, les orateurs, les

guerriers, ceux qui vont à la découverte de nouveaux mondes qui soient des hommes illustres ?

AUGUSTE (*avec hésitation*).

Mais... à peu près.

ÉTIENNE (*se levant*).

Comment? à peu près!..... Et le laboureur qui nourrit les armées, n'a-t-il point lui aussi son mérite? Est-ce que tu crois que la poudre et la gloire nourrissent seules le soldat; essaie pendant huit jours de ne manger que de la fumée de canon, et tu m'en donneras des nouvelles.

LOUIS (*se levant*).

Je réclame aussi, car le commerçant qui répand le bien-être et la prospérité dans son pays, est au moins aussi grand que l'orateur qui passe sa vie à aligner de grands mots, et à déclamer des phrases pompeuses.

FÉLIX.

Je proteste aussi..... L'industriel, qui fait de nouvelles découvertes dans les arts, est mille fois plus utile que le savant qui court après une planète égarée depuis le commencement du monde, et qui va dire au soleil de s'éclipser à telle heure dans quatre mille ans d'ici.

VICTOR.

Eh bien! ce n'est pas inutile de prédire les éclipses; au moins on a le temps de noircir des verres, afin de les mieux voir quand elles arriveront.

AUGUSTE.

Moi, je serais curieux d'entendre les noms de vos artisans illustres.

FÉLIX.

On pourrait t'en dérouler une liste longue comme les saints du calendrier.

VICTOR.

Alors, gardez-vous-en bien; j'aime mieux vous croire sur parole.

ÉTIENNE.

Rien que pour les cultivateurs. Ce seraient d'abord ces fiers Romains qui abandonnaient la dignité consulaire et la dictature pour retourner à la charrue, et pour cultiver leur jardin.

AUGUSTE.

Autant remonter au déluge pendant que tu es en si bonne route.

ÉTIENNE.

Eh bien! oui, si je remonte au déluge, je trouve le juste Noé, échappé presque tout exprès pour cultiver la vigne et nous léguer le doux jus du raisin. Mais j'aime mieux nommer Henri IV.

VICTOR.

Ah! celui-là, je le connais; j'ai entendu dire qu'il voulait envoyer à chaque paysan une poule tous les dimanches, mais apparemment sa basse-cour n'était pas assez grande pour en fournir à tous les amateurs, le plus grand nombre a dû s'en passer.

ÉTIENNE.

Oui, ce serait Henri IV faisant planter des mûriers jusque dans le jardin des Tuileries et aimant à les cultiver de ses mains royales. Ce serait encore Parmentier, apportant en France ce légume nouveau, qu'on appelle aujourd'hui la pomme de terre, et le cultivant, à Paris, sous les yeux et la protection de Louis XVI.

FÉLIX.

A mon tour, s'il vous plaît. Dis-moi, Auguste, es-tu venu au monde avec la laine sur le dos comme les moutons?

AUGUSTE.

Mais-y penses-tu, de me faire une pareille question?

FÉLIX.

Eh bien ! celui qui trouve le moyen de prendre la laine d'un mouton et de la transformer en un superbe vêtement pourrait bien être aussi un homme utile, et même souvent un homme illustre. Dis-moi encore, as-tu entendu parler des Lapons ?

VICTOR.

Moi, je les connais, les Lapons ; ce sont des hommes si petits, si petits, qu'il en faudrait au moins deux l'un sur l'autre pour m'arriver au menton.

FÉLIX.

Avec cela que tu es déjà un si bel homme ! Mais ce n'est pas ce que je veux dire. A ce qu'il paraît, les Lapons ne connaissent point encore l'usage des plats et des assiettes, et, dans leurs repas, ils prennent la viande, la déposent délicatement dans leur bonnet...

AUGUSTE (*l'interrompant*).

Voilà un singulier procédé ; mais qu'est-ce que cela prouve?

FÉLIX.

Cela prouve que les hommes qui ont su transformer la terre et l'argile en vases commodes et utiles, pourraient bien être aussi des hommes de quelque mérite.

VICTOR.

Il est de fait que j'aime mieux manger dans une assiette que dans mon bonnet.

FÉLIX.

On ne s'est pas arrêté là ; on a trouvé le moyen de recouvrir la faïence de ce vernis si brillant que l'on appelle émail... et l'un des inventeurs, Bernard Palissy, a mérité le titre de père de l'art céramique.

VICTOR.

Oh ! si tu parles grec ou latin, je ne suis plus de la partie.

AUGUSTE.

Voilà ce que c'est de ne pas étudier ; l'art céramique, c'est tout simplement l'art de fabriquer la porcelaine et la poterie. (*Il s'assied.*)

VICTOR.

Eh bien ! que fit-il, ton Bernard Palissy ?

FÉLIX.

Il s'était dit : je veux m'illustrer et faire une découverte utile... Il se met à travailler et à travailler sans cesse ; il consacre son temps et sa fortune à faire de nouveaux essais ; et voilà qu'un beau jour il n'a plus rien, il est complétement ruiné.

VICTOR.

Oh! je me chargerais bien d'en faire autant, ce n'est pas difficile de se ruiner, surtout quand on n'a pas cent mille livres de rente.

FÉLIX.

Ce n'est pas tout; il ne se décourage pas: il pétrit de nouveau la terre et veut faire une nouvelle expérience qui doit être décisive. Mais, au moment de mettre les vases dans le four, il s'aperçoit qu'il n'a plus un morceau de bois. Une sainte fureur s'empare de lui, il court à son jardin, arrache les pieux qui soutiennent sa treille, les brise et les jette au four; la flamme menace de s'éteindre, il prend ses meubles.. et les jette au four; la flamme s'apaise de nouveau, il saisit les tables, les chaises... et les jette au four.

VICTOR.

Mais il va donc y jeter toute la maison !

FÉLIX.

Les tables et les chaises ne suffisent pas; il arrache portes et fenêtres, les brise... et les lance au four.

VICTOR.

Eh bien ! s'il n'était pas fou, il n'était pas loin de le devenir.

FÉLIX.

Il avait la sainte folie du génie qui est sûr de son œuvre, et il ne s'arrêta point en si beau chemin.

VICTOR.

Encore ?

FÉLIX.

Il prend une hache, s'attaque au parquet de sa maison, et les planches volent au four. Sa femme arrive tout effrayée.

VICTOR.

Comment! sa femme aussi, il va la jeter au four?

FÉLIX.

Toi, tu es toujours trop pressé quand il faut dire une sottise. Sa femme! il ne la regarde pas seulement; il a les yeux attachés sur son four. Tout à coup il voit des couleurs éclatantes paraître sur cette poterie, à laquelle il vient de tout sacrifier; il pousse un long cri de joie, car il avait fait une découverte merveilleuse.

VICTOR.

Oui; mais cela ne lui rendait pas ses meubles, et surtout ne réparait pas sa maison.

FÉLIX.

Sa maison? il n'en avait plus besoin; le roi de France lui-même entendit parler de sa découverte, le fit appeler à Paris, lui offrit un logement dans son propre palais, et depuis, Bernard fut appelé Bernard des Tuileries; je crois que cette maison-là valait bien la sienne.

ÉTIENNE.

Félix, tes histoires sont un peu longues; laisse-moi dire à mon tour que les modestes agriculteurs eux-mêmes ont leurs grands hommes. Ainsi, un simple garçon de ferme inventa, il y a quelques années, une charrue à mécanisme si commode, que le laboureur n'a plus qu'à atteler ses chevaux, et à les suivre les bras croisés; le champ se laboure presque tout seul.

VICTOR.

Tiens, c'est commode! Toi, qui es si malin, invente donc aussi une mécanique à étudier, de manière que l'écolier n'ait plus qu'à se croiser les bras sur son bureau, et que la science entre toute seule; ça m'ira beaucoup.

ÉTIENNE.

Aussi le Gouvernement lui envoya la croix d'honneur, qu'il posa fièrement sur sa blouse.

VICTOR.

Eh bien! j'écrirai au Gouvernement de te l'envoyer aussi.

ÉTIENNE.

Et le nom de l'inventeur est resté à ce genre de charrue; on l'appelle encore aujourd'hui *charrue Grangé*.

VICTOR.

Eh bien! ton nom restera aussi à l'objet de ton invention, on l'appellera *machine Etienne*.

LOUIS.

Et le commerçant, vous n'en parlez pas; il a bien aussi ses illustrations. Il commencerait à vous nommer Jacques Cœur, qui, par son immense commerce, devint assez riche pour assister un roi de France lui-même.

VICTOR.

Et finirait sans doute par se taire, car je crois qu'il n'y en a pas beaucoup d'autres.

LOUIS.

Oui, il se tairait, mais dans l'impossibilité de les nommer tous, car ce sont des peuples entiers qui se sont rendus célèbres par le commerce; il faudrait nommer les Phéniciens, les Carthaginois, les Vénitiens, les Génois, et, plus tard...

VICTOR.

Assez, assez, tu n'aurais qu'à m'en nommer jusqu'à demain.

LOUIS.

Et pour l'industrie, pour cette sœur aînée du commerce, on ne tarirait pas, s'il fallait énumérer toutes ses illustrations.

VICTOR.

Je crois bien, si vous passez en revue tous les industriels, depuis le premier mécanicien de l'Europe jusqu'au simple fabricant de lanternes.

ÉTIENNE.

Ne méprise pas, s'il te plaît, les fabricants de lanternes, car ils exercent une des plus nobles professions.

VICTOR.

Ce serait difficile à prouver.

ÉTIENNE.

Comment ! Est-ce que ce ne sont pas les fabricants de lanternes qui sont destinés à éclairer le monde? Va-t'en plutôt à Paris, la ville la plus éclairée de l'Europe, et tu verras si les réverbères ne sont pas presque aussi nombreux que les maisons.

VICTOR.

Mais cela ne nous fait pas connaître les grands hommes de la partie.

LOUIS (*se levant*).

Sais-tu ce que c'est qu'un quinquet?

VICTOR.

Belle question! Je l'ai su presque en venant au monde.

LOUIS.

Ce que tu ne sais peut-être pas encore, c'est que c'est un homme appelé Quinquet qui l'a inventé..., et que tu ne peux pas prononcer le nom de cette lampe si commode, qui éclaire tout le monde aujourd'hui, sans rappeler le nom de son inventeur.

FÉLIX.

Victor parlait tout à l'heure du premier mécanicien de l'Europe, sait-il son nom seulement?

VICTOR.

Quand tu me l'auras dit, je le saurai.

FÉLIX.

Eh bien ! il s'appelait Vaucanson, et il débuta par

de petits automates d'une curiosité sans pareille. Il alla jusqu'à fabriquer un canard qui déployait les ailes, jetait des cris, barbotait dans l'eau, prenait du grain, le broyait à l'aide d'un mécanisme intérieur, et le digérait comme s'il eût été vivant.

VICTOR.

Ce n'est pas un canard que tu me contes-là, au moins ?

FÉLIX.

C'est tellement vrai, que la réputation de Vaucanson alla jusqu'au roi de Prusse lui-même, et que Frédéric le Grand l'appela auprès de lui; mais Vaucanson refusa de s'y rendre : il voulait consacrer tout son talent à sa patrie.

VICTOR.

Il avait bien raison, car jamais on ne doit travailler pour le roi de Prusse.

ÉTIENNE.

Mais je ne vois pas trop l'utilité de fabriquer des canards automates.

LOUIS.

C'était seulement pour préluder à des choses plus utiles.

FÉLIX.

Justement; il alla même si loin, que des tisseurs en soie osèrent se moquer de ses efforts et le persécuter. Pour toute vengeance, il construisit une machine si parfaite, qu'un âne tout seul pouvait la mouvoir, et rivaliser ainsi avec ces ouvriers si fiers de leurs talents..

VICTOR.

A la fin tu me feras naître l'envie d'inventer et de découvrir aussi quelque chose.

FÉLIX.

Mais ça ne m'étonnerait pas, il y a des choses plus incroyables que celle-là ; et même, si j'osais... mais je n'ose pas.

VICTOR.

Va toujours ; nous sommes ici pour nous instruire et nous encourager.

FÉLIX.

Eh bien ! j'ai entendu dire que c'est un chien qui a découvert la pourpre.

VICTOR.

Merci du renseignement. Mais, comment s'y prit ce chien, que tu vas mettre sans doute au rang des personnages illustres ?

FÉLIX.

Rien de si simple. Les Phéniciens voient un jour revenir du bord de la mer un chien dont le museau était rempli d'une couleur vive et éclatante. La curiosité les prend ; ils suivent l'animal quand il retourne au rivage, le voient fouiller dans de petits coquillages, et s'aperçoivent que ces coquillages renferment cette riche couleur. Ainsi la pourpre était trouvée, et c'est un chien qui l'a fait connaître.

VICTOR.

Délivrait-on des brevets d'invention dans ce temps-là ?

FÉLIX.

J'en doute beaucoup.

VICTOR.

C'est dommage, car je suis sûr que ce chien aurait été fier d'en recevoir un, et que toute la race canine de Phénicie aurait fait entendre un aboiement universel en son honneur.

LOUIS.

— Ce n'est pas le seul animal à qui l'on doive une découverte heureuse. Dis-moi, Victor, aimes-tu le café ?

VICTOR.

Si tu veux m'en payer une tasse, tu pourras en juger.

LOUIS.

Ta parole me suffit.

VICTOR.

Tant pis, car j'aurais été bien aise d'en venir aux preuves.

LOUIS.

Sais-tu qui a découvert le café ?

VICTOR.

Je crois que je ne suis pas le seul à l'ignorer.

LOUIS.

Eh bien ! c'est une chèvre.

VICTOR.

Une chèvre !

LOUIS.

Oui, c'est une chèvre qui, la première, a pris du café.

VICTOR.

Oh! pour le coup, je crois bien qu'elle l'a pris sans tasse ni cuiller; a-t-elle pris aussi le gloria et le pousse-café?

LOUIS.

Une plaisanterie n'explique pas le fait; le voici. Un berger de l'Arabie mène brouter ses chèvres, et, au bout d'une demi-heure, il les voit sauter et gambader comme de jeunes folles.

VICTOR.

Mais c'est aussi naturel aux chèvres de sauter, que de voir un écolier désirer la fin de l'école.

LOUIS.

Ce n'est pas tout. Il en voit une plus pacifique et plus sage que les autres, elle broutait les feuilles et les graines d'un jeune arbuste. Bientôt, elle paraît prise aussi d'une sorte d'enivrement et se met à folâtrer.

VICTOR.

Ah! ça commence à se compliquer.

LOUIS.

Le berger soupçonne qu'il y a une vertu merveilleuse dans la feuille et la graine de cet arbuste; il en fait infuser dans l'eau, présente cette boisson à un homme qu'il voyait presque toujours endormi comme une momie d'Egypte. A l'instant cet homme se réveille, ranimé par la liqueur, et peu s'en fallut qu'il ne se mît à danser comme un jeune chevreau. Or, cet arbuste si merveilleux était tout simplement le caféier.

AUGUSTE.

Louis, qu'est-ce que tu dirais à un homme qui t'annoncerait qu'il se rend à Rome, et qui s'embarquerait pour l'Amérique?

LOUIS.

Mais, je lui dirais qu'il ne prend pas le chemin le plus court.

AUGUSTE.

Eh bien! vous prétendez nous faire connaître les artisans célèbres, et voilà que vous nous parlez des chèvres; je crois que vous vous trompez aussi de chemin.

LOUIS.

Pas autant que tu le penses. Ces découvertes inattendues prouvent seulement que le hasard peut bien faire entrevoir quelque chose, mais que l'homme seul, avec son génie, son travail, sa persévérance, peut tirer parti de tout.

AUGUSTE.

Donc, il faut nourrir ce génie par l'étude et par une noble ambition.